W0467301

Die Katze

Komm, schöne Katze, und schmiege dich still
an mein Herz, halt zurück deine Kralle.
In dein Auge ich träumend versinken will,
drin Achat sich verschmolz dem Metalle.
Wenn meine Hand liebkosend und leicht
deinen Kopf und den schmiegsamen Rücken,
das knisternde Fell dir tastend umstreicht
sanft, doch berauscht vor Entzücken,
dann seh ich sie. Und ihres Blickes Strahl,
er scheint dem deinen, schönes Tier, zu gleichen,
ist tief und kalt, scharf wie geschliffner Stahl,
und feine Düfte fühl ich zitternd streichen,
gefährlich süßen Hauch, der gluterfüllt
den braunen Leib von Kopf bis Fuß umhüllt.

Charles Baudelaire

1

Komm, schöne Katze …

2

Wer eine Katze hat …

Wer eine Katze hat,
braucht das Alleinsein
nicht zu fürchten.

Daniel Defoe

3

Sie sind sehr kühl …

Die Katzen

Sie sind sehr kühl und biegsam, wenn sie schreiten,
und ihre Leiber fließen sanft entlang.
Wenn sie die blumenhaften Füße breiten,
schmiegt sich die Erde ihrem runden Gang.

Ihr Blick ist demuthaft und manchmal etwas irr.
Dann spinnen ihre Krallen fremde Fäden,
aus Haar und Seide schmerzliches Gewirr,
vor Kellerstufen und zerbrochnen Läden.

Am Abend sind sie groß und ganz entrückt,
Verzauberte auf nächtlich weißen Steinen,
in Schmerz und Wollust sehnsuchtskrank verzückt
hörst du sie fern durch deine Nächte weinen.

Maria Luise Weissmann

Wenn Tiere sprechen …

Wenn Tiere sprechen könnten,
wäre der Hund ein ungeschickter Kamerad,
der unverblümt seine Meinung herausbellt,
während die Katze den seltenen Charme
besitzt, nie ein Wort zu viel zu sagen.

Mark Twain

Eine Katze macht …

Eine Katze **macht**,
was sie will,
wann *sie will,*
und es gibt nichts,
was du dagegen **tun** *kannst.*

Frank Perkins

Du liebst doch …

Geliebte Katze

*Du liebst doch deine Mieterin, die Maus,
obwohl sie Unheil schafft im Haus.
Du liebst aber auch die »böse« Katze,
die Todfeindin von Maus und Ratze.
Sie folgt ja nur dem Gesetz ihrer Art,
und Triebe sind weder blind noch zart.
Sieh nur, wie sie voll Anmut schleicht
auf samtnen Pfoten, leis und weich.
Und ihr Schnurrn am winterlichen Feuer
ist tröstlich wie der Klang der Leier.*

William Wordsworth

7

Jeder, der schon einmal …

Jeder, der schon einmal
längere Zeit mit einer Katze
zu tun hatte, weiß es:
Katzen haben eine
enorme Geduld mit
den Grenzen des Menschen.

Cleveland Amory

8

Mein edler Freund …

An eine Katze

Mein edler Freund, ich bitte sehr:
Komm doch her,
sitz neben mir und schau mich dann
mit deinen lieben Augen an,
mit Augen voller Glanz und Gold;
dein Blick, so ist er treu und hold.

Dein wundervolles weiches Fell,
schwarz und hell,
so seidig, üppig, voller Pracht,
wie Wolkenhimmel in der Nacht
belohnt die Hand, die dich liebkost,
mit freundlicherem Glück und Trost.

Die Hunde freunden gerne sich an
mit jedermann.
Doch du, von lauterer Natur,
liebst deine wahren Freunde nur,
berührst mit deiner Pfote mich –
ja, Lieber, ich verstehe dich.

Was geht wohl vor in deinem Geist –
ach, wer weiß?
Wenig nur ist uns bekannt
trotz unsrem Freundschaftsband.
Vielleicht ist's dem Menschen
nur vergönnt,
dass er das Leben besser kennt.

Algernon Charles Swinburne

9

Sie ist der Hausgeist …

Sie ist der Hausgeist hier;
sie richtet, herrscht,
begeistert alle Dinge in ihrem Reich;
vielleicht ist sie eine Fee,
ist sie ein Gott.

Charles Baudelaire

10

Draußen ziehen weiße …

Altes Kaminstück

Draußen ziehen weiße Flocken
durch die Nacht, der Sturm ist laut;
hier im Stübchen ist es trocken,
warm und einsam, still-vertraut.

Sinnend sitz ich auf dem Sessel
an dem knisternden Kamin.
Kochend summt der Wasserkessel
längst verklungne Melodien.

Und ein Kätzchen sitzt daneben,
wärmt die Pfötchen an der Glut;
und die Flammen schweben, weben,
wundersam wird mir zumut.

Dämmernd kommt heraufgestiegen
manche längst vergessne Zeit,
wie mit bunten Maskenzügen
und verblichner Herrlichkeit.

Schöne Fraun mit kluger Miene
winken süß-geheimnisvoll,
und dazwischen Harlekine
springen, lachen, lustig-toll.

Ferne grüßen Marmorgötter,
traumhaft neben ihnen stehn
Märchenblumen, deren Blätter
in dem Mondenlichte wehn.

Wackelnd kommt herbeigeschwommen
manches alte Zauberschloss,
hintendrein geritten kommen
blanke Ritter, Knappentross.

Und das alles zieht vorüber,
schattenhaftig übereilt –
ach! Da kocht der Kessel über,
und das nasse Kätzchen heult.

Heinrich Heine

11

Ich habe viele Philosophen …

Ich habe viele Philosophen
und viele Katzen studiert.
Die Weisheit der Katzen
ist unendlich viel besser.

Hippolyte Taine

12

Schöne Fraun und Katzen …

Schöne Frauen mit schönen Katzen

Schöne Fraun und Katzen pflegen
häufig Freundschaft, wenn sie gleich sind,
weil sie weich sind
und mit Grazie sich bewegen.

Weil sie leise sich verstehen,
weil sie selber leise gehen,
alles Plumpe oder Laute
fliehen und als wohlgebaute
Wesen stets ein schönes Bild sind.

Unter sich sind sie Vertraute,
sie, die sonst unzähmbar wild sind.

Fell wie Samt und Haar wie Seide.
Allverwöhnt. – Man meint, dass beide
sich nach nichts als danach sehnen,
sich auf Sofas schön zu dehnen.

Schöne Fraun mit schönen Katzen,
wem von ihnen man dann schmeichelt,
wen von ihnen man gar streichelt,
stets riskiert man, dass sie kratzen.

Denn sie haben meistens Mucken,
die zuletzt uns andre jucken.

Weiß man recht, ob sie im Hellen
echt sind oder sich verstellen?

Weiß man, wenn sie tief sich ducken,
ob das nicht zum Sprung geschieht?
Aber abends, nachts, im Dunkeln,

wenn dann ihre Augen funkeln,
weiß man alles oder flieht
vor den Funken, die sie stieben.

Doch man soll nicht Fraun, die ihre
schönen Katzen wirklich lieben,
Menschen überhaupt, die Tiere
lieben, dieserhalb verdammen.

Sind Verliebte auch wie Flammen,
zu- und ineinander passend,
alles Fremde aber hassend.

Ob sie anders oder so sind,
ob sie männlich, feminin sind,
ob sie traurig oder froh sind,
aus Madrid oder Berlin sind,
ob sie schwarz, ob gelb, ob grau –

Auch wer weder Katz noch Frau
schätzt, wird Katzen gern mit Frauen,
wenn sie beide schön sind, schauen.

Doch begegnen Ringelnatzen
hässlich alte Fraun mit Katzen,
geht er schnell drei Schritt zurück.
Denn er sagt: Das bringt kein Glück.

Joachim Ringelnatz

13

Die Menschheit lässt …

Die Menschheit lässt sich grob in zwei Gruppen einteilen: in Katzenliebhaber und in vom Leben Benachteiligte.

Francesco Petrarca

14

Eine Katze hat …

Eine Katze ist von absoluter
emotionaler Ehrlichkeit:
Menschen können aus dem
einen oder anderen Grund
ihre Gefühle verbergen,
aber eine Katze tut es nicht.

Ernest Hemingway

Wenn du einmal …

Wenn du einmal
ihr Vertrauen erworben hast,
ist die Katze ein Freund fürs Leben.
Sie teilt mit dir Stunden der Arbeit,
der Einsamkeit und Melancholie
und verbringt ganze Abende
auf deinem Schoß,
glücklich, bei dir zu sein und dich
der Gemeinschaft ihrer Artgenossen
vorzuziehen.

Théophile Gautier

16

Die Katze ist das …

Die Katze ist das ***einzige vierbeinige*** *Tier,*
das dem Menschen eingeredet hat,
er müsse es ***erhalten****,*
es brauche aber dafür nichts zu tun.

Kurt Tucholsky

17

Dann die wunderbare Gabe …

Dann die wunderbare Gabe,
durch das einzige Wörtchen »Miau«
Freude, Schmerz, Wonne und Entzücken,
Angst und Verzweiflung, kurz alle Empfindungen
und Leidenschaften auszudrücken.
Was ist die Sprache der Menschen gegen
dieses einfachste aller einfachen Mittel,
sich verständlich zu machen!

E. T. A. Hoffmann

18

Wenn ich mit meiner Katze …

Wenn ich mit
meiner Katze spiele,
bin ich nie ganz sicher,
ob nicht ich ihr
Zeitvertreib bin.

Michel de Montaigne

19

In meinem Hirn …

Rätselvolle Katze

In meinem Hirn, als wär's ihr eigner Raum,
schleicht auf und nieder auf der weichen Tatze
geschmeidig sanft die schöne, stolze Katze.
Und ihrer Stimme Tun vernimmt man kaum.

So zart und heimlich ist ihr leis' Miauen.
Und ob sie zärtlich, ob sie grollend rief,
stets ist der Klang verhalten, reich und tief
und Zauber weckend und geheimes Grauen.

Die Stimme, die wie schwere Perlen sank
in meines Wesens dunkle Gründe nieder,
erfüllt mich wie der Klang der alten Lieder,
berauscht mich wie ein heißer Liebestrank.

Sie schläfert ein die grausamsten Verbrechen,
Verzückung ruht in ihr. Kein Wort tut not,
doch alle Töne stehn ihr zu Gebot
und alle Sprachen, die die Menschen sprechen.

Auf meiner Seele Saitenspiel ließ nie
ein andrer Bogen so voll Glut und Leben
die feinsten Saiten schwingen und erbeben,
kein anderer so königlich wie sie,

wie deine Stimme, rätselvolles Wesen,
seltsame Katze, engelsgleiches Tier,
denn alles, Welt und Himmel, ruht in ihr,
voll Harmonie, holdselig und erlesen.

Charles Baudelaire

19

20

Ich glaube, dass Katzen …

Ich glaube, dass Katzen
Geister sind,
die auf die Erde kommen.
Eine Katze, da bin ich mir sicher,
könnte auf einer Wolke gehen,
ohne durchzufallen.

Jules Verne

21

Auf der Treppe saß …

Katzen kann man alles sagen

Auf der Treppe saß ein Mädchen,
ein graues Kätzchen auf dem Schoß.
»Dreimal drei ist zwölfundzwanzig«,
flüsterte es ihm ins Ohr.
»Aber ja nicht weitersagen!«
Ernst sah es das Kätzchen an.
Keine Sorge! dacht ich,
als ich's im Vorübergehn vernahm.
Katzen kann man alles sagen.
Was man auch zu ihnen spricht,
sie verraten kein Geheimnis.
Katzen machen so was nicht!

Josef Guggenmos

Gibt es ein größeres Geschenk …

Gibt es ein
größeres Geschenk
als die Liebe einer Katze?

Charles Dickens

23

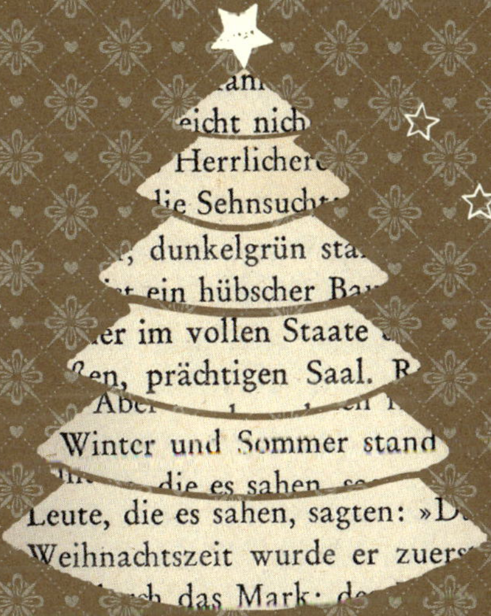

Ich liebe die Katzen …

Ich liebe die Katzen,
weil ich mein Zuhause genieße
und sie im Lauf der Zeit
dessen sichtbare Seele werden.

Jean Cocteau

23

24

In einer Zimmerecke …

In einer Zimmerecke wacht,
schon länger, als ich denken kann,
die schöne Sphinx und schweigt mich an
im Wechselspiel von Tag und Nacht.

Ganz ungerührt und unbewegt
verharrt die finstere Gestalt.
Der Silbermond, der lässt sie kalt,
selbst Sonnenschein sie nicht erregt.

Der Himmel rötet sich und bleicht,
die Flut des Mondlichts steigt und sinkt.
Der Dämmerung es nicht gelingt
und auch der Nacht nicht, dass sie weicht.

Die Zeit verrinnt, Nacht folgt auf Nacht,
und immer noch die Katze träumt;
mit sanften Augen, goldgesäumt,
hält sie auf ihrem Teppich Wacht.

Sie ruht, ihr Katzenauge starr,
und zu den spitzen Ohren drängt
das Nackenhaar, mit Gelb gesprengt;
das braune Fell ist seidenzart.

Mein träger Liebling, komm heran
und leg den Kopf mir in den Schoß,
damit ich dir den Nacken kos' und
deinen Samtleib streicheln kann.

Oscar Wilde

24